シリーズ自句自解II ベスト100

JikuJikai series 2 Best 100 of Saburou Kuwabara

桑原三郎

ふらんす堂

目次

自句自解　4
俳句を作る上で大切にしていること　204
初句索引　215

シリーズ自句自解Ⅱベスト100　桑原三郎

でで虫は戦場のにほひ花の匂ひ

1

それまでただ何となく作っていた俳句が、自分自身の思いを込めてこそ本当の俳句であると知ったのは、三十代後半になってからである。するとずっと心の隅にひっかかっていた痛みのようなものが途端に句となってぞろぞろ生まれて来た。この句もその一つ。子供の頃、ででむし（蝸牛）は良き遊び相手の一つであり、そして戦場とは、少年にとってのこの世の果てなるところでもあった。花とは戦死した人達への餞の言葉でもある。

（『春亂』昭和47年）

倒れしは一生涯のガラス板

2

若くして父を亡くしてから、農業に熱中していた頃のこと。ある時、立てかけていたガラス板が倒れ壊れた。特に一大事と言う程のことではなかったが、後から考えるとこの時何か予感めいたものを感じたのだろうか。「一生涯」などというあまり使うことのない言葉が上手く嵌まった句ではある。にも拘わらず、私の一生涯はこんなに華やかならず、今もこれからも地味に静かに平坦に終わりそうではある。

（『春亂』昭和47年）

仏体は倒れてゆくか萩の花

3

この仏体が観音であったか地蔵であったか、今は記憶にないが、山懐の小さな寺にあって、今にも倒れんばかりのお姿であった。その危うさそのまま、ものの哀れと時の流れのごときを感じたものである。それに関わりなく傍らにはしっとりと咲く萩の花が。

丹沢山系の大山の麓あたりのある温泉宿に吟行時の一句である。

（「渦」昭和48年）

極楽も陸続きなる麦埃

4

麦秋という季語からは一面に黄色く熟れた麦畑と、働く人達の生き生きした姿など、豊饒の世界が思われようが、現実の農民にとってはそんなものではない。そんな戦後の農民の苦労とまた妙に楽観的な生き方を周囲に見ながら過ごした頃の感慨である。句の情景は棒《ぼう》打ちと呼ぶ農作業の一場面。麦埃に塗れた身を地獄と言うか極楽と呼ぶか、陸続きとしたことで一つ世界が広がったかとも。

（『春亂』昭和49年）

怪物の背のやさしさや雁渡し

5

時代によっていろいろなものに怪物の名称が与えられるが、この怪物は当時の競馬界を沸かせた名馬ハイセイコーである。ある年、それまで絶対負けたことのなかったハイセイコーが負けた。ああ、やはり時が来れば怪物も負けるか、との人々のため息と、その時のハイセイコーの思いとが交差して。

ざわめく人々を呑み込むように、競馬場の空を雁渡しが吹く。

（「渦」昭和50年）

春荒く入間を走る詞神

6

入間という言葉の語源については、詳しくは分からないが、一説によるとアイヌ語と関わりがあると言う。入間詞とはかつてこの地方にあったという、言葉の意味、順序を反対にする言葉遣いのこと。その話が都に伝わりこの言葉が生まれたのだろうか。狂言「入間川」はその、物を逆さに言う入間詞を使ってある大名が地元民とやりとりする話。もしかしたらこの世には詞神がいて、世の人々を操っているのかも知れないとも思う。

（『春亂』昭和50年）

松古りてときどき兄を名告りけり

7

兄と呼ぶ人が二人いる。一人は十五歳で早世し、もう一人の長兄は四十代にしてやはり早世した。どちらにも不運と言うか不幸の影がただよう。ただ、長兄とは年の差もあって意思の疎通も悪く、成人してからはやや微妙な関係にあったが、その死後は改めてその不運さを思うのみであった。そんな兄に代わって、庭先の松は兄を名乗って私を戒めるのである。兄とは死してまだその権威を誇るものだろうか。

（『春亂』昭和51年）

寝て待てば鉄道馬車が通るなり

8

話好きの父は囲炉裏を囲んだ家族の前で、いろいろな話をしてくれた。その中に鉄道馬車の話がある。わが地方に鉄道馬車が開通したのは明治末期。未だ鉄道が引かれなかった田舎の町を馭者の操る馬車が道路に敷かれたレールの上を走って行くという話は、少年の夢を膨らませた。寒い夜など私は布団の中で枕元を過ぎて行く鉄道馬車の音を聞きながら夢の世界に入って行くのである。その頃、私は何故か夢を見るのがとても好きだった。今はもうその夢も枯れ果てたが。

（『春亂』昭和52年）

洗面器に蛇飼ふ春の小学校

9

その頃、蛇もまた私にとっての遊び相手の一つだった。春の少し暖かくなった頃、青大将とか赤棟蛇とかいろいろな蛇が出て来る。学校への行き帰りにそいつを捕まえて手にぶら下げたり、放ったりして遊ぶ。時に女の子達がキャアキャア逃げるのを見るのも楽しいものだった。こんな風景も今は昔。あの頃の蜻蛉や蛙や蝶々達は何処へ行ってしまったのだろうか。それにしてもあの頃はかなり孤独だったのかなぁ。

（『花表』昭和53年）

海無しの高麗や穂麦を漕ぎて行く

10

青々と麦の穂波が揺れる。その中をかき分けて進むのは、まるで小舟を浮かべて青海原を進んで行くようだ、という一句。かつて海の向こうの高句麗からこの国を目指して来た人達の、夢と希望の込められた高麗という言わば王土の地。何の根拠もないが私はこの高麗人達の末裔と思っており、何時かは彼の人達の志と夢をこの地に実現したいと思っている。

海のない埼玉に生まれ育った私が初めて海を見たのは小学六年の時だった。

(『花表』昭和54年)

弟よ一銭玉を摺り写し

11

もう多くの人達の記憶から消えたであろう一銭銅貨。子供の頃、母親から貰った一銭玉を握りしめ、近くの駄菓子屋へ駆け込むその嬉しさ。当時の一銭玉はまさに夢の玉であった。その一銭銅貨の上に薄い半紙などを載せて、その上を鉛筆などで擦るとたちまち銅貨の表面の模様が浮き出る。今、手元にある一銭玉は真ん中の丸の中に一錢と書かれ、周りを唐草模様で囲む。裏面は中に桐の花、上部に大日本、下に昭和九年とある。私が生まれた翌年の製作である。

（『花表』昭和54年）

いぢめ尽くせし弁当箱よながむしよ

12

子供の頃の腕白坊主のアルミの弁当箱は、ランドセルの中で揺られるうち、あちこちと疵だらけ。それでもとうとう卒業まで使い続けたのは、ものを大事にする母の躾けがあったからか。洗面器に飼われた蛇も結局悪童達のいじめの対象としては恰好のものだったようだ。

ながむしとは蛇の別称。くちなわという言い方もあって、俳人に蛇は結構好かれた素材なのである。

音 楽 漂 う 岸 侵 し ゆ く 蛇 の 飢

赤尾兜子

(『花表』昭和54年)

鼻にゆく手の淋しさよ冬霞

13

今ではそんな癖もなくなったが、その頃の癖の一つ。考えてみると、この動作は恥ずかしかったり、照れたりした時の照れ隠しだったのではなかったか。振り返って現在の私、何をやっても、どんな失敗をしても、何とか誤魔化してその場を切り抜ける、そんな自分を発見した。何と老化とは恐ろしいものだと思った次第である。多分その頃、こんな気持ちで生きていたら人生、何事もなかったし、生きることの意味も知らずにいたかも。時々擦られながらわが鼻は今も見事に存在する。

(『花表』昭和55年)

兜子亡しこの春寒くまた白く

14

昭和五十六年三月十七日、赤尾兜子急死。当時の日記に短くこう書かれている。あまりにも突然だった兜子の死の報せに、びっくりして言葉もない程だった。が、少しほっとした気分があったのも事実。それは死に至るまでの兜子の痛々しい病状が「渦」誌から伝わって来ていたからでもある。この句は兜子の「空鬱々さくらは白く走るかな」に思いを寄せて作ったもの。

兜子と言えば「蛇」の句が一番。私が何故「渦」に参加したのかと問われても、いい答えが浮かばなかったが、これからは私は蛇が好きだったから、と言っておこう。

（『花表』昭和55年）

校庭に十薬茂るわが戦後

15

田舎者の憧れの町・東京は、あちこちに焼け跡が目立ち、電車に乗れば食料買い出しの人達等でぎしぎし満員の混み合い。学校へ通えば十薬を始め多くの雑草がはびこり、墨を黒々と塗り立てた教科書から僕等の戦後は始まった。ヤミ屋、アプレ、カストリ雑誌等々、その当時の流行語もまた時代を映しながら、戦後という言葉とともにわが少年時代は始まったのだった。

今となってはそれが妙に懐かしいのだが。

（『花表』昭和56年）

パセリ長け角出す虫も居ずなりぬ

16

赤尾兜子が亡くなった年、妻が卵巣ガンと診断され入院。翌年の一月死んだ。この頃の心境は書くにも筆がすすまないが、とにかく表面は平気を装っていても、平気ではないのは誰しも知っている通りのこと。何かと角を出す連れ合いも、いなくなってみれば淋しいものである。多分、パセリだって多少虫達に食われようと、あの角を出す虫が来なかったら淋しいのかも知れない。なんて、負け惜しみを言っており。（『花表』昭和56年）

緒士を殺し亥の子の遊びせむ

17

亥の子は主に農村の行事であるが、旧暦十月の亥の日の行事と歳時記にある。わが地方ではこの日、亥の子の牡丹餅を食べ、子供達は手作りの藁鉄砲で大地を叩き遊ぶ。その年の実りを祈り、祝う行事であると言う。

赭土の畑は耕作には不向きな畑であり、農民はその土地改良に苦労し続けている。

それにしても亥の子の牡丹餅は旨かった。厳しい暮しの中、子供心にも楽しい記憶の一つである。

（『花表』昭和57年）

東京の殴られ強き男かな

18

場面はボクシング会場の一シーン。殴られてもダウンしても起き上がる、戦うボクサーの姿が映像として見えて来る。埼玉から電車で一時間程の距離に東京はあり、時の政治の、経済の、文化の、あらゆるものの集中する場所でもある。彼のボクサーもこの地で一旗揚げようと戦っているか。それなら僕も、などとは決して思わないが、その華やかさの中に戦う人達の、打たれても打たれても戦う、哀しいまでの思いが伝わればいいかなと思う次第。

（『龍集』昭和57年）

うぐひすに障子を破る男かな

19

「障子を破る」に特別の意味はなく、少々乱暴な青年像を表したつもりだったが、何故か、当時のスクリーンのスター石原裕次郎の演ずる「太陽の季節」の一場面を想像させてしまったらしい。そんなこの句についての感想を聞いたことがある。さて、私の思う俳句とは、要するに言葉の切れ端であり、どうでもいい、詰まらないものである。他愛もないことごとを取り上げて一句とする。しかし、そんな暮らしの中の些事の重なりに人が生きる意味を見ることが出来るとも言えようか。

（『龍集』昭和57年）

灰となる新聞紙のかたちかな

20

新聞紙を燃やすと灰になる。ことはそれだけであるが、その灰になった新聞紙（かみと読みたい）にもとの活字が読めたり、写真がそのまま見えたりするのに不思議さを感じたことがあった。やがて、新聞紙のかたちをした灰は次第に崩れ、他の灰とともに只の灰となって行く。その灰の新聞紙を詠んだのがこの句。もののかたちというものの面白さを思う。

（『龍集』昭和58年）

白飯やいづこの山も日暮にて

21

墨絵のような風景を詠みたかったのだろうか。茶碗に山盛りの白いご飯、そして夕闇に沈みつつある回りの山々。誰にも見放され一人ぼっちになった少年の心象風景のようでもある。多分、その頃の私の心の底に潜んでいた何処かの、そして何時か見たお墓の情景がふと俳句に表れたのかとも思う。

子供の頃、通常食べるご飯は麦飯で、白米だけで炊いたご飯は正月か祭の時しか食べられなかった。

（『龍集』昭和58年）

またの世に坂あらば背を押しゆかむ

22

晩年の高柳重信さん（先生と言うと叱られた）はかなり歩くのが苦手だったようで、吟行で坂道があると、一行の誰かが背を押して行くのが何時ものことだった。昭和五十四年、「俳句評論」の全国大会の後、金華山の岐阜城を登った時の背を押したことが殊に思い出深かった。後、昭和五十八年、高柳さんが亡くなられた。この句はその追悼の句として作ったもの。もう少し高柳さんが生きておられたら、とは、何時も思うことではある。

（『龍集』昭和58年）

からすうり体内毀れゆくばかり

23

子供の頃は至って健康だった私が健康を害したのは二十代半ばの頃。そこには父の突然死があったのだろうが、いまから思えば緊張のしすぎと言うか、頑張りすぎと言うか、そんな環境の中で胃腸の辺が不調になり、その状態は三十年程も続いた。常に鳩尾の辺りに鉛を飲んだような重苦しさがあり、体内は次第に毀れて行くのではないかと思われた。

藪などに懸かる赤い実がきれいな烏瓜も、枯れるとからからに乾き、やがて毀れる。哀れにも美しく。

（『龍集』昭和58年）

道長し月と走りて曲がりゆく

24

道とは人が通り車が走る道であるが、ややもすると人の道とか、歩んで来た道とか、道理や来し方をたとえる言葉としても使われる。掲句の長い道は現実の道であるが、譬喩の道と捉えても別に悪くはない。この世のどんな道も全て真っ直ぐであるわけはなく、曲がり曲がり行くものである。

俳友の今坂柳二は走る俳人として知られるが、私も若い頃走ったことがある。山の頂にある月と一緒に。

（『晝夜』昭和59年）

降る雪に照らされてゐる谷の家

25

雪国ではない関東平野の片隅に住む身には、雪国の人達の大変さの実感は余りないが、今、この文を書いていている一月下旬、かなりの大雪に出会って震えている。しかし、これを俳句に詠むとすれば、まずは雪舟の描く山里の風景から始まるのだろうか。この句はもちろんそんな想像だけで作ったものではないが、いわゆる写生の俳句に少しの工夫を凝らすと、見事な山里の雪景色が現れる。そういう句である。

（『晝夜』昭和60年）

秋寒く胡座をかくと倒れさう

26

特別に行儀が良かった訳ではないから、何故子供の頃から正座ばかりするようになったのか、理由は定かでないが、とにかく何処へ行っても正座である。一応まわりの人には良家の生まれだから、などと言っておく。逆に胡座をかくのは苦手であり、そうすると不安定で体の重心が定まらない。つまり、倒れそうになるのだ。別にたいしたことではないが、気にしている一事ではある。

（『龍集』昭和61年）

一日よ虻とは知らず飛んでゐる

27

ブーンと飛んで来て人の腕や足にたかり、血を吸う。牛や馬にたかる虻もある。時には針で刺しているところを叩かれて死ぬこともあるだろう。つまり、虻には虻の運命がある、などと、分かったようなことが書かれている。小さな生き物の生態を描いて、それを人の一生に準えたりすることが良くある。人間は自分が人間と知っているが、だから偉いということでもない。

（『晝夜』昭和61年）

炎天や前世のやうに異国を過ぎ

28

海外旅行は何度か経験があるが、あまりその場での俳句は作っていない。例外として昭和六十二年頃の夏、現代俳句協会の皆さんと中国の西安などを周遊した時の一句。たまたま秦の始皇帝の墓と言われる墓山の前を通りかかってのもの。秦の始皇帝と私の前世とは何の関わりもないが、その場所に何かを感じての一句である。インスピレーションは俳句の種にはならないだろうが、でも俳句にすることは出来ると思う。

(『晝夜』昭和62年)

双親に焚火のあとの湿りかな

29

この頃あまり焚き火も出来なくなったが、寒い朝など焚き火を囲んでみんなで体を温め合う風景はなかなかいいものである。そして、そのあと用意したバケツの水をかけて終わる。湿って少し燃え残って焦げた木の端などが黒く燻っている。そんな情景に父や母の愛というか有り様を重ねてみた。その燻されたような愛情というか、切なさというか、どこまで行っても肉親というものの厄介さを思う一句である。

（『晝夜』昭和64年）

我はまた下戸の中なり梅を嗅ぐ

30

今の時代は少し違うかも知れないが、男子たるものお酒が飲めないと、いろいろな場合に不便であり、また不都合である。そんなことで随分とお酒を飲む訓練を重ねたが、まあ、ある程度までは飲めるのだが、限界まで来るとそれ以上はどうにもならない。下戸の中辺りが相場というものか。お店の庭に出ると梅の花の香りが。気分直しの香りである。

（『晝夜』平成2年）

元旦の一匹分の犬の餌

31

特に愛犬家とも言えないまま、一時、雌の柴犬を飼っていた。当時、まだ市販のドッグフードなど手に入らなかった頃であり、犬の餌と言えば残りご飯に味噌汁をかけるとか、そんなことだった。そんな犬君にも元旦が来た。さて、この柴犬君にどんな朝食が用意されたか？　元旦とは言え犬には犬の分際がある、何時ものもので十分、か。とは言え家族の一員である愛犬ならば正月らしい膳を用意して共に祝うのか。どちらにもとれて、どちらも正解と言える。

（『晝夜』平成2年）

天高し一本道がややや曲り

32

俳句を作る身として、季語についての考察は常に頭にあるが、「天高し」とあれば秋天の深さと、それに対応する地上の何事かを取り合わすというのが常道であろうか。広々とした原っぱに一本の道。その道をとぼとぼと行く人影。やがてその人影がやや曲がって行くと見えたのは道が曲がったからである。道という言葉を使うとどうも人の生き方、人生を連想させるところがある。それを避ける手だてはないものだろうか。

（『魁星』平成3年）

小食の猫を励ます夏の月

33

昔のことを言えば、わが家には何時も猫がいた。余り記憶に残っていないが、黒もいたし白もいたし、三毛猫、白黒の斑猫などもいた。名前はシロとかブチとか、わりと単純だったように思う。勿論、よく食べる猫もいたが小食で頼りないのもいたようだ。
ある時期の私は小食で、かなり痩せ細っていた。猫よりも先ず、我とわが身を励ます一句である。

(『魁星』平成3年)

昔から太陽はあり葱畑

34

普通に読まれると何だ当たり前の話ではないか、と言われそう。いや、これは俳句ですから、太陽は昔からあったんですが、今、その有り難さに気がついたんです、と言っても、そんなことは知ってます、と言われそう。俳句を始めてから、改めて人は何で生きているのかなどと、知らなくてもいいことを考えるようになった。答えは親がいたからであり、食べ物や空気や水やらがあったからである。そしてもっと昔から太陽さんがあったから、ということになります。（『魁星』平成4年）

永き日の監視カメラが斜め上

35

この頃は防犯カメラとも言うが、銀行の中とか、駅の構内とか、スーパー店内とか、かなりの数のカメラが設置され、人々を監視している。いやわれわれ庶民は街を歩いても、電車に乗ってもこのカメラに監視され続けていることになる。今では当たり前のことになっているが、このカメラの設置当時は結構違和感があったものである。カメラは永き日も短き日も休みがない。

（『魁星』平成5年）

犬と見る人類全盛期の桜

36

大まかに言えば、昔恐竜の栄えた時代があって、マンモスのいた時代があって、そして今は人類が栄える時代と言えようか。でも、何れはその人類も何らかの理由があって滅びるかも知れない。振り返ってみれば、あの頃（現在）が人類の全盛期だったなんて、後世の何かの記録に記されるかも。

桜の季節になるとこの桜の花が一生の見納めかと思い、また一年が過ぎる。そんなことを繰り返しながら一生が過ぎて行く。犬もまたか。

（『魁星』平成5年）

空蟬の完全なるをしばらく飼ふ

37

蟬は飼うことが出来るが、空蟬は飼えるだろうか。いや捕まえた空蟬を虫籠に入れ、適当に餌など与えてやれば立派に飼えます。と言うのは言わば俳句的なずらした答えであり、普通に考えればそんなことはないと一言のもとに退けられる。でも三歳くらいの幼児だったらどうだろうか。飼えると答えてくれるかも知れない。俳句は三尺の童子にさせよ、と芭蕉は言ったとか。「三歳の童子には作れないかも知れないが、三尺の童子の心になればいと簡単に作れます。」

（『魁星』平成5年）

大脳の回り骨ある雁の声

38

人体の構造というか、臓器などの役割について、この頃とみに研究が進んでいるが、やはり大脳が人をその人たらしめていることは間違いないだろう。実際に見た訳ではないが、大脳の回りは固い骨で囲まれていて、いわゆる頭蓋骨をなしている。人がものを言うのも、運動するのも、また無駄口を叩くのも全て大脳からの指令と言う。そんな人々の上を雁が鳴いて行く。雁の声という季語はこの際まさにこれしかないという季語ではある。

（『魁星』平成6年）

壁抜けて幽霊はもう死ねぬなり

39

季語にこだわる訳ではないが、幽霊は季語か、どうか。三橋敏雄の句に〈幽霊を季題と思ひ寝てしまふ〉があり、この件に関しては心強い。この句の幽霊はある特定の幽霊ではなく、また夏芝居に出て来る幽霊でもない。ごく一般の幽霊である。

思うに幽霊になってまでこの世に思いを残す悲しみを、幽霊はどう紛らわせたらいいのだろう、壁は抜けられるが、その先の闇は、という句である。

(『魁星』平成7年)

木の下は体によろし夏休

40

森林浴などという健康法があるらしい。田舎に住んでいる身には、森林浴もそれ程有り難いとは思えないが、とにかく木の下は樹木が発散するフィトンチッドのおかげで人体が活性化すると言う。もっともっと木の下へ行き、こころも体もリフレッシュしましょう。夏休みは木の下で一休み。

（『魁星』平成7年）

目から出る火花青けれ梅の花

41

人間生きていれば、長い間にはそれなりに怪我あり病気あり、いろいろとあるものだが、自分のことで言えば火傷が二回、ある難病が一回くらいで、骨折というものを経験したことがない。唯一それに近かったのは五十代の頃、何に急いだのかわが家の庭先で躓いて転び、突き指をしたことがあった。目から火が出るとはこのことか、とこの時実感した次第。突き指の薬指は一時曲がったままだったが、いつの間にか元通りになった。そして、その火花はまた夜空の星のようでもあった。

(『魁星』平成9年)

老人は笑顔絶やすなえごの花

42

えごの木は大抵ほの暗い山陰などにあり、近くに小さな川が流れていたりするところに多い。わが家の前方の崖の下にもえごの木があり、初夏には沢山の白い花を鈴のように吊るした。また、その実を取ってシャボン玉遊びをしたり、その汁を川に流して川魚を獲ったりした。昔の子供は可愛かった。そんな子供も今老人となっているが、同じなら小言幸兵衛になるよりも、可愛老人になろうという句。えごにエゴを掛けたつもりでもあるが。

（『不断』平成9年）

次の世を見てきたる人西瓜喰ふ

43

テレビの番組などで、死の体験をした人の話など聞かされる。死んだ訳ではなく、死の直前まで行きながら生き返った人の話である。大病とか事故による昏睡状態の中で、美しい花々が咲き乱れる花畑の向こうに亡き人々が呼んでいる風景が見える。と、誰かに声をかけられて、現世に引き戻されたという話。ある日、そういう人と西瓜を食べた。私も幻想ではなくお花畑の見える本当の死の時を楽しみに生きて行きたい。

（『不断』平成9年）

下駄箱に下駄は老いつつ桐咲けり

44

わが家は二度程建て替えたが、下駄箱はずっと同じものを使っている。だから家を出た息子の靴も、亡くなった家人のブーツも、その片隅に押し込んである。そう、古びた下駄もあったっけ。そろそろ捨てようかなどと思ったりしながら、まだ下駄箱の中である。

昔、女の子が生まれると桐の木を植えて、お嫁入りの時の簞笥をその桐の木で作ると言われていた。今では簞笥にはならないが、伐り残されたわが家の桐の木は下駄にもならず、今花盛りである。

（『不断』平成10年）

歩きつづけて蛞蝓と並びけり

45

梅雨の頃、植木鉢の下やその辺のじめじめしたところにいる蛞蝓。蜷の道ならぬ蛞蝓の道もあって、その通ったあとは虹のようなつやつやと光る道を残す。もっとも実際に蛞蝓が歩く（?）ところを見たことはないが。私も歩く、歩き続ける。それは生きている以上やむを得ないことながら、やはり辛いですね。一生懸命歩いて歩いて、ようやく蛞蝓の歩みに追いつき並んだ、という句です。

蛞蝓ってほんとうに強く生きてます。（『不断』平成11年）

一八や日は照りながら雲の上

46

鳶尾草とも書く一八は、アヤメ科の多年草で、火災よけという俗信からか屋根の上に植わっていることが多い花である。かつてわが家の屋根にもこの花があって、それなりの気分を出していたものだ。そんな屋根の上を太陽が過ぎて行く。薄曇りではあるが雲の上から日差しが届き、一際明るい景を作っている。

（『不断』平成11年）

麦こがし人に遅れず笑ふなり

47

何時の頃からか、空気を読むという言葉が使われるようになった。空気を読むとは、あるグループの、また何かの集まりの中で、全体の考えの方向を読み取るということだろうか。何だか知らないが皆が笑っている。じゃ取り敢えず私も笑っておこう。人に遅れずにね。

麦こがしははったいとも言い、麦を煎って粉にしたものを砂糖などを加えてそのまま食べる。誰かに笑わされたりすると吹き出してそれは大変。

（『不断』平成12年）

人ごとのやうにひと死ぬ時雨月

48

長いこと生きていると、肉親、身内、友達、また近所の人など、多くの人の死を聞くことが多い。その死に方にもまたいろいろあって、天寿を全うした仕合わせな死から、若くしてこの世を去った無念の死に至るまで、その当事者はさまざまな思いを持つことだろう。しかし、自分に関わりない出来事は所詮は人ごと。世間によくある話の一つとして、聞き流しておきたい。人は何時かは死ぬものであり、世の多くの死もまた自然の成り行きなのであろう。

（『不断』平成12年）

踏切で一旦わらふ冬日和

49

私はもともと車（自動車）の運転が上手い方ではないが、田舎に住んでいるものにとって、運転免許証はどうしても必要なものの一つ。そういうことで八十何歳の今も免許証の更新を続け現在に至っている（この頃高齢者の事故が多いので免許証を返納せよとの声も多い）。

家を出て三百メートルも行ったところに踏切があり、そこを通過するのに二度に一度は遮断機が下りている。だから、下りていないで通過出来ると何だか嬉しい。もちろん、踏切で一旦止まるのは常識であるが。

（『不断』平成12年）

春やああ一日分の髭の伸び

50

毎日、何気なく髭を剃っているが、果して一日に伸びる髭の長さってどのくらいなんだろう、と思ったのが一句への動機の一つ。別にそのことを確かめたい訳ではないし、何ミリだからと知って世の中が変わる訳でもない。それを承知の上で一日分の伸びにこだわるのも、私が俳人だから、ということだろうか。俳句を作るとは所詮、そんな瑣末なことにこだわるということかと。こだわろうとこだわるまいと、世の中は進んで行く。まあ春だから、世の中春なんだから。

（『不断』平成12年）

絶海の孤島に浮力つばめ来る

51

好きな短歌に斎藤茂吉の歌集『赤光』にある「のど赤き玄鳥ふたつ屋梁にゐて足乳根の母は死にたまふなり」がある。昔、春から夏になるとわが家にも何組かの燕がやって来て巣作りをし、子育てをしていた。この歌と同じようにその巣は土間の上のむき出しの梁に作られていて、子育て中は親鳥が盛んに餌を運び、また盛んに糞を落としていた。

遥か南方の島よりやって来る燕達は、今飛びながらどんな風景を眺めているのだろうか。

（『不断』平成12年）

秋高し七たび転び七たび起き

52

少し冗談ぽい話である。ある落語家の枕に七転び八起きという言葉があるけど、七回転んだら七回起きるんじゃないのか、もしかしたらこの人は最初から寝ていたのかも、という話を聞いて、思ったこと。世の諺や格言など、どちらかと言うと調子がいい。俳句もその調子に乗っているのではないか、との気持ちを込めてひねった句である。どちらかと言えば転びっぱなしの人生を過ごして来たが、そんなことなど笑いとばすのもまた一興であろうか。

（『不断』平成13年）

長生きの象を洗ひぬ天の川

53

この象のモデルは井の頭公園に飼われていた象のはな子である。はな子は先年亡くなったが、人々の記憶の中には生きているという。もっとも、モデルといってもその象を飼育員が洗っているところを見た訳ではない。もう一つ、小田原城の象も見た記憶があってそれも加わっているのかも知れない。

時々思う。動物園などのライオンでもゴリラでも象にしても、遠い異国に連れられて来て、何を思いながら生きているのだろうか、と。余計なことではあるが。

（『不断』平成13年）

諸葛菜農民一揆に犬がつき

54

傘《からかさ》

連判状というものがある。多く江戸時代の農民一揆の際に首謀者を分からなくするため、一枚の紙に円形に署名捺印したものである。わが家にもそれが残されており、江戸時代も終わりの慶応四年の出来事であったことが分かる。祖父の話を又聞きしたところによれば、当時の領主・旗本何某の酷税に対して起こした一揆の証拠の品とか。多分一揆には犬などもついて行っただろうかと、わりと賑やかに。

（『不断』平成15年）

春の水棒杭に日のめぐりつつ

55

川の近くに住んでいるせいか、どうしても水を詠むことが多くなる。水には春夏秋冬それぞれに表情があるが、何と言っても美しいのは春の水であろう。川の中程に何の目的で立てたのか、棒杭が一本ありそのあたりの水流が杭を巡って小さな渦を巻いている。その渦に春の息吹のようなものを感じた次第。日差しの明るい季節である。

（『夜夜』平成15年）

マンモスの足跡に水滑莧

56

昔、昭和の初めの頃、私の住む村の西端の山を切り開いて道路を造る工事があった。その時、ある化石が掘り出され、某大学の教授がこれはマンモスの牙の化石であると言ったという。実際にはそれはあけぼの象のものだったらしいが、実物は失われて現存しない。最近、近くの入間川の河原から、そのあけぼの象の足跡が発見され市の史跡となっているという。

滑莧はちいさい夏草ながら強くしぶとく茂る雑草である。

（『不断』平成13年）

さみだれや連判状に誤字当て字

57

前にも書いたが、わが家にある連判状を読み解くのは難しい。ここは古文書を読む専門家に頼まなければならないが、殊に傘《からかさ》判と言われる署名欄の字はかなり判読しづらく、難題であった。当時の識字率はかなり高かったのだろうが、誤字、脱字もあったのだろう。現代もあまり変わらないか。この連判状に関わった祖父は八十七歳で世を去ったが、この件に関しては口が固かったようで、日記などは残していない。

(『夜夜』平成15年)

死んでから先が永さう冬ざくら

58

気がついてみると自句に「死」の字が多いことが分かった。でも、決してすぐ死にたい訳でもなく、また、何時も死を意識している訳でもない。この句は要するに人類一般の死後について考察しているということ。

私の人生も結構永かったが、死んだ後はもっともっと永そうだ。しかし、だからどうしようということではない。それでいいのだ、という誰かの台詞をここへ置いとこうか。

（『夜夜』平成15年）

餅にバター塗つて朝日のあたる家

59

朝日のあたる家といった映画の題名が何処かにあったような気がするが、この言葉は好きな言葉である。実際わが家の東側はよく開けていて、春から秋にかけて殊にリビングの辺りに朝の日が差して来る。
　餅と言えば焼いて食べるか、雑煮に入れるか、そんな食べ方が普通だが、ここにバターを塗るという手もあったか、という句。朝日のあたる家に相応しいと思いませんか。

（『夜夜』平成15年）

八月十五日あのとき御昼食べたっけ

60

八月十五日は言うまでもなく日本の敗戦記念日。その日の記憶は多くの人々の胸に刻まれているいることだろう。ふと思った、あの日の正午にいわゆる玉音放送を聞いた後、何をしていただろうか。ぼうとしていただろうか。などと思いを巡らせていると、はたと、お昼を食べたかどうか、全く記憶のないことに気がついた。
この頃、今朝何を食べたっけ、などと忘れっぽい私ですが、昔のことには少しこだわるんです。

（『夜夜』平成16年）

牛蒡掘る山本紫黄似のをとこ

61

俳人山本紫黄さんは尊敬する先輩である。体型はやや痩せ型であるが、粋でダンディ、女性にもてるタイプ。俳句は厳しくまた巧みで、数々の名句を残している。

この句の牛蒡を掘る男は、たまたま畑道を通り掛かりに見たというだけで、ふと体型が紫黄さんに似てるな、と思っただけ。もちろん紫黄さんの職業とかお人柄に関係はない。その昔、舞台で名月赤城山の国定忠治を巧みに演じた頃の紫黄さんの姿が忘れられない。

（『夜夜』平成16年）

地芝居のポスターに雨横なぐり

62

村の神社の秋祭、祭を盛り上げる為にか地芝居がよくかかった。それらの演目は大体決まったようなもので、一般によく演じられる「瞼の母」とか「一本刀土俵入」とか、いわゆる大衆演芸であるが、娯楽にとぼしい村の人々にとって地芝居を観るのは楽しい一時である。

そしてその地芝居も終わって、また静かな村に戻った村の駄菓子屋か何かの壁に破れたポスターが雨に打たれている。そんな景である。

(『夜夜』平成16年)

敏雄亡き街に沁み入る雨水よ

63

ある俳句グループで丹沢山地のあたりに吟行の後、小田原の市街を歩き、また海岸まで足を延ばした。折りから小雨となり、雨は家々の屋根を、人々の肩を濡らして過ぎて行った。

小田原と言えば師・三橋敏雄が晩年住んだところ。小田原、そしてそれ以前にお住まいの八王子など、その思い出は多くあるが、やはり、なお多くの教えを賜りたかったという思いはある。その叶わぬ思いに降りかかる小雨が冷たかった。

（『夜夜』平成16年）

男郎花むかし昭和の子と呼ばれ

64

来年（平成三十一年）の四月に天皇の退位が決定し発表されたが、現・天皇の生まれは昭和八年。そして私の生まれも昭和八年。ということで、私達は昭和の子と呼ばれて国中から祝福されて育った世代である。私は自分の歳を聞かれる度に天皇陛下と同じです、と答えて、何の意味もないが少しいい気分だった。しかし、その天皇も老いたまい、私も結構老いた。大分以前の作に〈天皇も僕も長生き松の花〉という句もある。

（『夜夜』平成17年）

吊橋の両端に捻子青あらし

65

旅先の何処か、多分龍神峡に架かる橋だったかと思う。それは観光地の話題作りの為の吊り橋であり、怖い怖いと言いながら渡るものなのだが、私の目には橋の両端にある巨大な捻子が異様に映った。それは吊り橋を吊る鉄製のロープを引っ張って止める捻子である。それが実際に橋を引っ張っているかどうかは知らないが、これを渡るものには大いに安心感をあたえる捻子ではあった。

（『夜夜』平成17年）

蚊の名残自分の頬は自分で打つ

66

蚊の名残は秋の涼しくなった頃に出る蚊である。何処にいるにせよ自分の頬にたかった蚊を打つのは自分の手でしかない。そんな当たり前のことが面白いと感じるのは、自分のことは自分でせよ、との子供の頃からの親達の躾けからだろう。ここでそんな格言とも言えない言葉を引っ張り出すとは。蚊にも笑われてしまいそうである。

（『夜夜』平成17年）

含羞草ひとさしゆびを撃つ形に

67

含羞草はオジギソウであり、ブラジル原産のマメ科の一年草。夜は葉を閉じるし指で触れるとやはり閉じる。その形がお辞儀したように見えるのが名の由来だろう。それを含羞、つまり恥じらっていると命名したのがとても素敵。中七、下五の部分は子供たちの遊びの一つ。そう言えば昔、西部劇をよく見たなあ。

（『夜夜』平成20年）

じやがいもの花やひざ頭に電気

68

六月頃の畑に白紫の花を掲げた植物を見たら、それはじゃがいも（馬鈴薯）の花である。じゃがいもは春に種を植えてから、わりと早くに芋が太り、収穫も簡単に出来る作物であり、またいろいろな料理に使えて便利な食料である。でも、やっぱり農作業は辛いことも多く、時にしゃがむと膝にぴりぴりと来る。それを電気が来るという。単にじゃがいもといえどもそう安直には扱えないものだ。

（『夜夜』平成22年）

福島第一原子力発電所２号機よりけむり

69

七年前のあの大震災の折りの句である。言えば大変だ、の一語に尽きる。もちろんテレビの映像によるものであるが、かの原発の放射能被害の発端となったけむりの立つ場面を思わず詠んだもの。あまりニュースの場面などは句にしないことにしているが、この時だけは別だと思った。眼前の景を即座に捉える、俳句の個性でもあるだろう。

この大地震ではわが埼玉の地も大揺れに揺れた。結構長く生きて来た私にも初めての経験だった。

（『夜夜』平成23年）

とりあへず掌に据ゑ茄子の馬

70

昔からの習わしで盆が来ると、座敷には盆棚を設え、ご先祖の御霊を迎える。わが家でも戦後暫くまでそうしていたが、最近は簡略化して仏壇の前に御霊を迎える場を作っている。その盆飾りのシンボルみたいに茄子の馬がある。場合によっては瓜の馬も瓜の牛もあると言うが、手元の茄子に苧殻の足を差し込み馬にする。その脚の具合を確かめるのに掌に載せるのである。

（『夜夜』平成23年）

春遅し猫八の鳴くうぐひすも

71

鶯の鳴き声や蛙の声など、巧みに鳴かせる江戸家猫八は、その芸の名人だった。現在はその後を継いだ息子さんがやっているが、どうも先代に比べて線が細いようだ。その年の春は遅かったが、三月も過ぎる頃、近くの藪の辺りから目白やら頰白など小鳥の声が聞こえて来る。やや遅れて鶯の舌足らずのような声も聞こえて、遅い春の来訪を感じるのである。

辞書を引くと「猫八」とは江戸時代の物乞いの一種で、門に立って猫・犬・鶏などの声を真似て銭を乞い歩いたもの、とある。

（『夜夜』平成23年）

桃の花赤子は親を間違へず

72

特にモデルがある訳ではない。まあ、わが家の孫のことでもいいが、世の赤ん坊全てのことと言ってもいい。やや小言幸兵衛的になるが、子供を虐待する親はいても、親を間違える子供はいないというようなことでもある。

これは映像からのものだが、ペンギンの子育ての情景の中で、餌を獲った親鳥がわが子を捜して戻るところ、感動的と言うより、よく見つかるな、という思いが湧く。それは親と言うより子の親を呼ぶ力によるものかも知れない。

（『夜夜』平成23年）

ゆく水のゆきつつ暮れぬ梅の花

73

早春に春の到来を感じさせる梅の花は好きな花の一つであり、結構、梅の花の句を詠んでいる。取り合わせるなら梅に鶯だろうが、それではちょっと思うなら、梅の花には水が似合うだろうと思う。まだ寒さの残る早春の空気の中にぽつぽつと開く梅の花。そして、ゆく水は時の流れのごとく僅かな明るさの中を静かに流れてゆく。ゆく河の流れは絶えずして……、方丈記の一節が思い浮かぶ流れの美しい夕暮れである。

（『夜夜』平成23年）

鶴帰り列島東へとずれる

74

あの地震から暫く過ぎた頃だったろうか、今度の大地震のためか、東北側の海岸線がやや東側にずれたとのニュースを聞いた。その筋の専門家によれば、もともと大陸の一部だった日本列島が地殻の変動によって少しずつ動き、現在の形になったという。そしてまた東方へ少し動いたということだそうな。

北のシベリアあたりからやって来た鶴も春を待って北の空へ去って行く。遥かに列島の影を眺めながら。

（『夜夜』平成23年）

彼岸僧経を端折つてゐるらしい

75

お彼岸やお盆に檀家を回る坊さんは忙しい。ついついお経を端折って誦んでいるのでは？　と。わが家は代々敬虔な仏教徒であり、決して坊さんを皮肉ったりしている訳ではなく、単なる雑談の中の話題のようなものであるが、でも、やっぱりお布施は多い方がいいらしいですね。

（『夜夜』平成24年）

包帯の下に人肌ももさくら

76

腕などに包帯をしたのは四十代の頃、仕事の作業で顔や腕などを火傷した時ぐらいで、あまり大怪我というものをしたことはないが、どのくらい治ったかな、と包帯を解いてみる時の気分は特別のものではある。

肌はただの肌だが、人肌と書くとまた別の気分が出て来るもの。人肌という言葉のもつ柔らかさ、優しさ、艶っぽさなど、そんな気分をよりかもし出す、もも・さくらである。

（「犀」平成24年）

「おっぺす」という里言葉柳の芽

77

句意は書かれてある通りである。「おっぺす」は子供の頃から使っている埼玉弁（或いは入間弁）で立っている人の後ろからちからを入れて押すこと、であり、広辞苑にも「押《お》っ圧《ぺ》す」（オシヘスの音便）とあるから、わが地方だけの方言ではないようだが、特に「ぺ」と発音するところが妙に田舎染みて、可笑しくまた少し恥ずかしい。「訛りは国の手形」とも言うが、おっぺすなんて本当に可笑しいですね。

（「犀」平成24年）

永き日の欠伸は嚙まず殺さずに

78

人前で欠伸が出そうになった時、大抵は手で口を覆ったりするものだが、この年になるとそんな羞恥心もなくなり、人前でも大口開いて欠伸をしたりする。なんと気持ちの良いことだろう。欠伸を嚙み殺すという動作があるが、それに反して嚙まず殺さずは今の生きかたそのままを表したものである。

永き日と欠伸は言葉として大変近い関係にあるが、それも無視しての一句である。

（「犀」平成24年）

かなぶんの投げ損なひしごとき飛び

79

かなぶんは金亀子のこと。コガネムシの一種で大型の昆虫。時に何かに向かって真っ直ぐに飛んで来ることがあり、ガラス戸にぶつかって落ちたりする。まるで野球でピッチャーが暴投したボールのよう、との見立ての句である。

子供の頃、このかなぶんにある種の憧れのようなものがあった。何時かあのかなぶんのように一直線に何処かへ向かって飛んで行きたい、というような。

（「犀」平成24年）

敬老の日の翌日のご老人

80

九月の十五日頃、どこの市でも町でも敬老会が催される。出席すると幾らかの酒肴や記念品が用意され、市長さん達の祝辞や歌やお笑いなど老人向けの楽しみがある。帰宅すれば子や孫達の「おめでとう」「長生きしてね」などのお祝い攻勢。それに疲れて眠り、一夜明けると、また元のただの老人となる。ごく普通の話である。

少子高齢化の時代と言われて久しいが、いずれにしても老人は老人以外の何者でもなく、この世に存在する。それ以上でも以下でもなく。

（「犀」平成24年）

八月十五日夜が明けると朝

81

八月十五日は言うまでもなく昭和二十年の夏、あの戦争の終わった日を指しているが、その日を起点に戦中と戦後が切り替わった日である。人はあるいはあらゆる生物は一日を昼と夜の繰り返しの中に生きているが、夜が明けてその日が日本の国の一つの転換期になろうとは。暗い夜から明るい朝へ、そんな譬えも幾分込めているつもりである。

この句についてある句会で十五日でなく十四日にしたら、との意見があった。

（「犀」平成25年）

死ぬことを一寸のばし花アカシア

世の中、長寿の時代と言われ、百歳までなどと言う声も聞こえるが、言ってみれば死ぬ時が以前より少々延びただけということだろう。その死を一寸延ばしながら、何が楽しくて生きているのか。まあ美味しいものを食べたり、見たいものを見たりと仮の楽しみはあるのだろうが、どうしても生きたいなどとは思わない。いずれアカシアの花の散るように。その時までの仮の世ではあるこの世。

（「犀」平成25年）

レコードに一本の溝敗戦日

83

最近マニアによって多少人気が出たというが、レコードは新しく売りに出されたCDに押され、なくなりつつあるという。しかし、その昔、レコードは当時の若者と言わず、人々にとって身近な音楽文化を享受する大きな手段であった。そのレコード盤はSPにしろLPにしろ、円盤の中に一本の溝があるだけのもの。そう言えばあの日の玉音放送もレコードによるものだったという。

そして、あの戦前の軍国主義のまま突き進んだこの国の体制もまたその一本道を行ったのではなかったのか。

戦前の一本道が現わるる　三橋敏雄

それにしてもCDには溝などないようだね。

（「犀」平成25年）

生国や柿捥ぎ棒に柿の渋

84

故郷とか田舎の風景と言えば、藁屋の庭先のたわわに実った一本の柿の木である。ふつう柿捥ぎ棒とは言わないが、竹竿の先端に細工して柿の枝を折り取るように出来ている使いこんだその棒には、びっしりと柿渋が付いて。実際、わが家の庭先にはかなり古木の柿の木があって、秋には赤い実を沢山付けるが、古家の庭に柿の木では絵になりすぎる。そこに柿捥ぎ棒を立てかけて、取り敢えず一つの風景とした。（「俳句」平成26年）

草虱いもうとの手の邪険なる

85

兄弟姉妹とは不思議な存在であり、子供の頃、妙に仲が良かったり、また喧嘩したり苛めてみたり、それでいて何か離れがたい感情が常に付きまとうものである。

秋の野を行き、裾などに草虱を付けて遊ぶふたり。その風景の中に邪険なる言葉を投げ入れてみる。邪険とは「慈悲心なく、むごくあつかうこと」と辞書にあるが、それを含めて、兄弟姉妹の微妙な情の絡まりを思ってみたい。やはり邪険な妹ほど可愛い。

（「犀」平成27年）

水底に犇く水や梅の花

春浅き頃、枯れ果てた野に梅が咲きだすと何故かほっとする。長い冬の寒さにも耐えて来た（大げさだが）身が、ほっとゆるんで来るような、そんな幸せ感があり、解放感がある。そんな季節の気分を詠んだ句である。

わが家に近く流れる入間川は、古くは上流の山から西川材と呼ばれる木材を筏流しによって江戸へ送ったという。早春の頃、その水流もいささか勢いを増して犇くのだ。

（「犀」平成27年）

胡椒瓶のつまりを正す遅日かな

87

料理などという大げさなものをする訳ではないが、人間、生きて行くには何か食べなくてはならず、食べるには食材を煮たり焼いたりしなければならず、それには調味料も少々振りかけねばならず、ということで、只今、目の詰まった胡椒瓶の目を一つ一つあけています。という句。さて、厨にてキャベツでも刻むか。

（「犀」平成27年）

ががんぼや箪笥に倒れ止め金具

が

がんぼという昆虫も、この頃あまり見かけなくなったが、蚊の姥とも呼ばれるように、蚊に似ているが蚊よりも大きく、かつて夏の夜、部屋の中に来て障子や壁に弱々しく止まっているのをよく見かけたもの。

地震国でもあるこの国に住んでいては常にいざと言う時に備えねばならず、箪笥など倒れ易い家具には、倒れ止め金具を付けて用心する。それが縦えががんぼのように頼りないものでも、ないより増しか。

（「犀」平成27年）

膝元に風の流るる門火かな

89

この世にある以上、ご先祖からの血の繋がり、そして子孫へと続く血脈の意味を思わない訳ではない。人が死んでから行くというあの世とはなんだろうか、と何時も思っている。多分、今の気分ではそんなところはないだろうな、と思いつつ、でも無下に言うことでもないし、とも思いつつ。

焚いた門火の煙が風にゆっくりと流れて行き、ご先祖の住む浄土へと届く。風とか煙とか、僅かな空気の中にモノの気配を知る。昔からのそんな情緒が好きです。

（「犀」平成27年）

秋鯖の酢の香も近つ淡海かな

90

晩秋のある日、近江から敦賀方面への吟行に参加した折りの作。よく知られるように若狭から都へと鯖街道が続く辺り、琵琶湖の東岸の食事処の名物はやはり鯖寿司。名物に旨いものなし、との諺もあるが、この鯖寿司の味と香はまた格別であった。

昔からの多くの物語を秘めながら、琵琶湖は今も静かに人々を迎え入れてくれるところである。（「犀」平成27年）

古寺の門を出づれば猪の罠

91

これも敦賀方面への吟行の折りの句。この寺は湖北の小高い丘の上に立つ古寺であり、そこにひどく古びて顔形も定かならざる何体かの仏がある。その寺の坂道を下った門前を散策していたところ、一行の誰かが見つけた罠らしきもの。多分、この辺りにも猪やら何やら出没しているのであろうと思われた。

多分、寺の仏もこの殺生は許してくれるに違いないと思っての一句。

（「犀」平成27年）

蓑虫やあの世のことはこの世にて

92

あの世のこととは、死後のこと。簡単に言えば死んでから先のことは生きているこの世にあるうちに処理しなければならない、というような意味で作ったが、もう一つの読みとして、仏教説話のようになるが、あの世に住む（という）縁ある人々への供養はこの世でしか出来ないという意味も考えられる。
「ちちよ、ちちよと鳴く」と言われる蓑虫は、もしかしてあの世のことも知っているのかも。

（「犀」平成28年）

猫は人を猫と思ひぬ十三夜

93

猫も犬も昔飼ったことがあるが、現在は猫も犬も飼ってはいない。よく犬派、猫派などと言われるが、どちらにしても犬も猫も人に飼い馴らされている訳で、飼い主の気持ちを窺いながら生きている生き物。ただ、猫のほうが幾分気まぐれでやんちゃな雰囲気があるところが違いか。「猫は人を猫の仲間と思っている」とのある人の言葉で一句とした。

僕はどちらかと言えば猫派かな。

（「犀」平成28年）

夏至過ぎの雨の斜めを見てゐたり

94

夏至も過ぎ、夏もある高さに来ている頃ではあるが、雨の多い季節であることも確か。降る雨も激しく強いだろう。俳句は風景を切り取り描く絵のようなものという考え方があり、その説から言えば斜めに降る雨はやはり絵になる構図と言えるだろう。見ているのは江戸時代の隅田川の橋の上などとすると、この絵が一層引き立つのだろうか。

（「犀」平成29年）

福島に異母妹のゐる麦の秋

95

父が死んでから聞いた話であるが、父は最初の相手と一女をもうけながら離婚し、再婚したという。即ち再婚の後に私は生まれたということだが、それはとにかく、離婚の後に長女を連れた母は福島県の某所で再婚し、そこに暮らした。父の死後、原戸籍を取り寄せたところ長女は十八歳で死んだとの記載があった。だから実際には異母姉なのだが、作句する上で妹としたのはその方が物語になるからという、やや甘い考えから。

福島という地名をよく目にする昨今だが、私の記憶の中にはその妹（姉）への思いも残っている。

（「犀」平成29年）

戦後っていつまで八月十五日

96

今年もまた夏が来て、八月六日の広島の原爆忌も過ぎ、九日の長崎原爆忌も過ぎ、また十五日の敗戦の日が来た。この頃になるとテレビや新聞などに戦後何十年などという言葉が目立って来る。確かにあの大戦後七十年を過ぎてまだ戦後であることは幸せなことではあるが、そろそろ戦後も卒業してもいいのでは、と思う。たしかにかつて「戦後は戦前」という言葉も聞かれたが、未だ戦後であることは幸せなのかもしれない。
　確かに戦争ほど不幸なことはない。それをもう一度確かめて。

（「犀」平成29年）

月面に影の地球や雁のころ

97

月は古来から詩歌に詠まれ俳句の季題として名句を生んで来た。ただ単純に月は何故満ち欠けをするのかと考えた時、それは地球が月を陰らせているという答えに行き当たる。と当たり前のことを書いたが、つまり満月があり、三日月があり、新月があるから月は詩歌の題となるのであって、月が一年中満ちていたら、その魅力は相当落ちるだろう。

月面に影を作る地球は見事にその役割を果たし、これからも地球の人々を楽しませてくれる。そんな夜を鳴く雁の声。

（「俳句」平成29年）

秋風や木馬の芯に強き発条

98

余り広くない公園の片隅、ぶらんこや滑り台などの隣に置かれてある木馬。たまに母親に連れられた幼児が乗っていたりして、前後に揺らして遊んでいるのを見かける。木馬は芯となる鉄棒に前後に動く馬が付いているものだが、その鉄棒にはバネが付いていて乗ると上下にも動く。無邪気な子供も楽しそうである。

折りから秋風も爽やかに吹いて。

(「俳句」平成29年)

芭蕉忌を修し鷗の目と会へり

99

去年（平成二十九年）の十一月、高野ムツオ氏に招かれて松島の瑞巌寺で行われた芭蕉祭に参加した。天下の名勝松島には何度か旅しているが、何時訪ねても人の心を奪うような美しさである。瑞巌寺に於いて芭蕉忌を修したあと、句会の前のひととき松島湾の岸辺での一句である。

松島を／逃げる／重たい／鸚鵡かな　高柳重信

松島湾は多くの記憶を秘めた海である。（「犀」平成29年）

バスを待つ青首大根畑前

100

わが町入間市は狭山茶の生産地として知られているが、茶畑ばかりではない。点々とある家並みを囲むように野菜畑や芋畑なども広がっているところ。そんな大根畑に面した道路にもバス停があり、時々バスが来て客を拾って行く。青首大根とは、幾つかの大根の品種の中で割とメジャーな品種であり、大根が育つに従い地上に首を出す。さらに成長すれば全身の半分位は地上に出て、その部分が青味を帯びて来る。青首大根の謂われである。私も時々、首を長くして何処からか来る吉報を待っている。

（「犀」平成29年）

俳句を作る上で大切にしていること

　俳句を作る時に考えることとは、大抵誰も同じだろうと思います。先ずはその時に見たり聞いたり感じたりした風景やら思いやらを言葉に置き換えることから始まるのでしょう。その時点で俳句の基本である五・七・五というういわゆる定型という枠に嵌まるかどうか、いろいろと工夫しなければならないものです。また、その十七音の中に季語が入っているかどうか、それも大事ですね。そこで良い季語が見つかり、十七音に納まったとして、上五、中七、下五のバランスはどうか、時に句またがりになっているか、上句と下句を入れ換えた方がいいだろうか、切字は効いているか、など首を捻って考えるところです。そして実際に手帳など紙に書いてみると、また感じが違って来るもの。芭蕉さんは舌頭に千転せよと教えておられますが、言葉に発してみて、心地よく他者へ伝わって来るということも大事なことでしょう。よく、その句の中の一字を変えただけで一句の印象ががらりと変わるということがありますが、完成するまでによく推敲するということも必要ですね。

さて、私の作句についてですが、以上述べたような方法で作ることは当然なのですが、多少の試みがないと、何時も同じような或いは他の誰かの作品と似たような俳句になってしまう確率が高いようです。ですからそうした俳句の基本と言われるものから、少し、ほんの少しずらしたところを狙うのも面白いと思いますね。季語は俳句になくてはならないものと教えられていますが、季語のない、いわゆる無季の句にもまた時に優れた句があることを知ります。

戦争が廊下の奥に立つてゐた　渡辺白泉

しんしんと肺碧きまで海の旅　篠原鳳作
湾曲し火傷し爆心地のマラソン　金子兜太
音楽漂う岸侵しゆく蛇の飢　赤尾兜子

私達昭和一桁世代には少年時代の多くをいわゆる太平洋戦争の戦時下に暮らした経験があります。白泉の句、（この句は日支事変中ですが）後の大戦の起こることを予感した句が書かれていたことに驚きを感じますし、兜太の句は原子爆弾への怒り、兜子の句には戦後の先の見えない社会情勢への不安感が表現されており、これらの句の何処に季語の必要があるでしょうか。なお多くの無季の句が書かれていますが、ここは自分の無季の句を挙げておきます。

倒れしは一生涯のガラス板
寝て待てば鉄道馬車が通るなり
弟よ一銭玉を摺り写し

東京の殴られ強き男かな
灰となる新聞紙のかたちかな
白飯やいづこの山も日暮にて

有季と無季とどう言葉の働きが違うのか、うまく説明は出来ませんが、表現したいことがある時、それを率直に直截に言い表す時に季語を必要としない、或いは季語が邪魔にさえなることもあります。少々過激な言い方になりますが、季語の説明にすぎないような俳句も多く見かけられるこの頃、季語を必要としない俳句もいいのではないかと思います。ただ、実際には季語のない句はなんとなくお腹に臍がないようで不安なものです。で、最近では滅多に作っておりません。しかし、季語に頼らない、ものと思いの融合した優れた俳句を見たいものですね。

俳句表現の文体に文語と口語があるのは良く知られていますが、絶対文語使用の人あり、口語一本の人もあります。私はと言うと大体文語を使用していますが、絶対ではないですね。口語表現による俳句は江戸時代の俳句にもありますが、時に口語俳句を旗印にしたグループも生まれています。私には絶対口語で作るという気持ちはありません。使い慣れた文語表現の影響でしょうか。しかしながら、話題になった次のような句には魅力を感じます。

じゃんけんで負けて蛍に生まれたの　池田澄子

三月の甘納豆のうふふふふ　坪内稔典

たんぽぽのぽぽのあたりが火事ですよ　坪内稔典

私の作句例は少ないですが挙げておきます。

八月十五日あのとき御昼食べたつけ

彼岸僧経を端折つてゐるらしい

戦後つていつまで八月十五日

また文語、口語のどちらを遣うかの問題は、仮名遣いの問題とも重なりあっているようで、いわゆる歴史的仮名遣い（旧仮名遣い）の作家は文語使用に、現代仮名遣いの作家は口語使用におおよそ分けられているようですね。もちろん、必ずしも全部の俳句がそうとは言えません。口語を遣いながら旧仮名遣いで書く人もいますし、その反対の作者もいると思います。

最近の若い作者の中で、文語体で旧仮名を使用して作句する人達が多いと聞きます。小学校の時代から使用していない文語体、旧仮名を遣う理由は、その方が俳句らしいからという意見を聞いたことがあります。もちろん、もっとしっかりした文学的意思をもってそうしている方もいるのでしょうが、ただ安易に先輩がそう言うからしているというのであれば、改めて学び直してもいいかも知れません。俳句は非常に型、或いは枠に嵌められた形式のように感じられます。実際そういう面はあるのでしょうが、その型、枠を破るというのは大変なエネルギーが要ります。せめて枠や型の隙間を探して、そこから自分自身の表現を作り出して行くしかありません。いい作品は突然天から降って来るものではなく、そうした形式の隙間やずれからはみ出したものを探し、拾い上げる努力、他人の目を意識しない覚悟というか、強い意思に支えられて作品化されるものと思います（口で言うのはたやすいですが）。

俳句は虚と実のせめぎ合いの中にあると言います。近松門左衛門は虚構と真実の中間に芸術の真実があるとする「虚実皮膜の間」を言います。芭蕉は言います、「言語は虚に居て実を行うべし。実に居て虚にあそぶ事はかたし」と。私達はどちらかと言うと実にいて虚に遊び勝ちになりますが、俳句は時に嘘でもいいんです、と言っておきます。水原秋櫻子も言っています「自然の真と文芸上の真」と。「確かにそこにその花が咲いていました」などというのは自作を保証する何の手立てにもならないということですね。私の俳句にも大分虚の部分があることを白状しておきます。

俳句の技法の一つに喩える、ということがあります。いわゆる比喩のことですね。その比喩には隠喩と直喩という方法があると言われています。直喩とは何とかの「如し」「ようだ」「似る」などの直接的に似ているものとものをつなげる表現法。隠喩、または暗喩とは直接的に表現せずにものとものの、あるいはものとこと、またことことの似ていることを言うものです。

ぼうたんの百のゆるるは湯のやうに　森　澄雄
銀行員ら朝より蛍光す烏賊のごとく　金子兜太

は直喩であり

絶 滅 の か の 狼 を 連 れ 歩 く　三橋敏雄

そして

身をそらす虹の
絶巓
処刑台　高柳重信

は隠喩です。この句はいろいろな読み方があると言われますが、身をそらす虹の弧にロマンチシズムまたはエロチシズムのイメージがあり、処刑台に死のイメージがあります。隠喩ですね。

俳句を作る時、このフレーズで季語を何にしようか、などと考えることがあると思います。その場合、誰しもそのフレーズとのイメージやらで景色など雰囲気の関わりを考えるものです。その関わりの多くは何処かに似たところがある言葉を探すものですね。それが喩です。私達の作る俳句の多くは、本人が気づかなかったとしても、喩を遣っているのでしょう。私の作る句も同様と思います。

そんな句を挙げてみます。

パセリ長け角出す虫も居ずなりぬ
一日よ虻とは知らず飛んでゐる
踏切で一旦わらふ冬日和
牛蒡掘る山本紫黄似のをとこ
包帯の下に人肌ももさくら

その他、多くの句に喩の手法を遣っていると思います。

最後にこれから詠まれて欲しい俳句について少し述べてみます。農業に関わる俳句がこの頃大変少なくなっているということですね。歳時記には多くの農に関わる季語が載せられています。例えば春の部には春田、耕、畑打、農具市、青麦、春大根、春菊、厩出し、種選、種物、物種蒔く、苗床、苗札、芋植う、桑解、種浸し、苗代、種蒔、水口祭、畦塗、桑摘、蚕、茶摘、製茶などなど。

馬鈴薯を植う汝が生れし日の如く　石田波郷
うしろより風が耳吹く種選み　飴山　實
苗床の大き足跡あかねさす　福田甲子雄
縄ぼこり立ちて消えつゝ桑ほどく　高浜虚子

何れも歳時記から引いた句です。昔の農に勤しむ人々の姿が見えるようですね。広々と開けた田畑に点々と農に勤しむ人達の姿があったその時代は良かったですね。戦後、と言ってもすでに七十年が経ち、私達日本人の生活環境は激変しています。

それは経済、教育、文化等々、枚挙にいとまがないですね。農村、農事に於いても大きく変わっており、菅笠に合羽の早乙女姿は見当たりません。代わりに田植機やらコンバインが走り廻る時代です。

鍬弾く低き日差に冬耕す　稲畑廣太郎
蒔く種は決めてをらねど畝つくる　小原啄葉
種選るやわたしの中に岸と崖　田中亜美

昨年末発行の角川版「俳句年鑑」から農事に関わる句を選んでみました。やはりトラクターも耕運機も稲刈機も詠まれていないようです。これから新しい環境に立つ農村の風景は、どう詠んだらいいのでしょうか。みんなで考えてみたいと思うものです。

初句索引

あ行

赭土を……36
秋風や……198
秋鯖の……182
秋寒く……54
秋高し……106
歩きつづけて……92
いぢめ尽くせし……26
一日よ……56
一八や……94
犬と見る……74
うぐひすに……40
空蝉の……76
海無しの……22
炎天や……58
含羞草……136
「おつぺす」と……156
弟よ……24
男郎花……130

か行

怪物の……12
ががんぼや……178
かなぶんの……160
蚊の名残……134
壁抜けて……80
からすうり……48
元旦の……64
木の下は……82
草虱……172
敬老の……162
夏至過ぎの……190
下駄箱に……90
月面に……196
校庭に……32
極楽も……10
胡椒瓶の……176
牛蒡掘る……124

さ行

さみだれや……116
地芝居の……126
死ぬことを……166
じやがいもの……138
生国や……170
小食の……68
諸葛菜……110
白飯や……44
死んでから……118
絶海の……104
戦後つて……194
洗面器に……20

た行

大脳の……78

倒れしは……6
次の世を……88
吊橋の……132
鶴帰り……150
でで虫は……4
天高し……66
東京の……38
兜子亡し……30
敏雄亡き……128
とりあへず……142

な行

長生きの……108
永き日の……
—監視カメラが……72
—欠伸は噛まず……158
猫は人を……188
寝て待てば……18

は行

灰となる……42
芭蕉忌を……200
バスを待つ……202
パセリ長け……34
八月十五日
—あのとき御昼……122
—夜が明けると……164
鼻にゆく……28
春荒く……14
春遅し……144
春の水……112
春やあぁ……102
彼岸僧……152
膝元に……180
人ごとの……98
福島第一……140
福島に……192
双親に……60
仏体は……8
踏切で……100
古寺の……184
降る雪に……52
包帯の……154

ま行

またの世に……46
松古りて……16
マンモスの……114
道長し……50
水底に……174
蓑虫や……186
昔から……70
麦こがし……96
目から出る……84
餅にバター……120
桃の花……146

や行

ゆく水の……148

ら行

レコードに……168
老人は……86

わ行

我はまた……62

著者略歴

桑原三郎（くわばら・さぶろう）

昭和八年、埼玉県生まれ。
二十代より俳句に親しむ。「馬酔木」「野火」に参加。
後、「俳句評論」「渦」同人。「つばさ」創刊時より編集人。
昭和五十七年、同人誌「犀」創刊、代表。
第二十七回現代俳句協会賞受賞。
句集『春亂』『花表』『龍集』『晝夜』『俳句物語』『魁星』『不断』『夜夜』
現在、「犀」代表。現代俳句協会名誉会員。

現住所　〒358-0053　埼玉県入間市仏子215